Der Mann mit dem Hut

Meinem lieben Mann Ingo, der sich nie weiter auf das offene Meer hinauswagte als bis zu dem Satz: »Ich dich auch«, und mir der wichtigste Freund in meinem Leben ist – in guten wie in schlechten Zeiten.

Der Mann mit dem Hut

Eine Erzählung

von Jasmin Lisar

Bibliografische Information der Deutschen Nationalbibliothek:
Die Deutsche Nationabibliothek verzeichnet diese Publikation
in der Deutschen Nationalbibliografie; detaillierte Daten sind
im Internet über
http://dnb.d-nb.de abrufbar.

Umschlaggestaltung und Illustrationen: Martin Jahn
Lektorat, Satz, Herstellung und Verlag: Books on Demand
GmbH, Norderstedt
ISBN-10: 3-8334-5186-6
ISBN-13: 978-3-8334-5186-7

Zufrieden sein
kann man nur
im Einklang mit seiner Umwelt

Glücklich sein
kann man nur
im Einklang auch mit sich selbst

Inhaltsverzeichnis

Manfred und der Hut

Um 19.00 Uhr ging er mit dem Hund. Jeden Tag. Ob es regnete oder schneite, jeden Abend um 19.00 Uhr, punktgenau. Dabei hielt er sich immer an dasselbe Ritual: Er stand vor der Garderobe, zog seinen Mantel über – im Sommer trug er einen lindgrünen Popelinmantel, im Winter einen dunklen, teuren Wollmantel – und wartete auf eine ganz bestimmte Aufforderung. Und dann hörte er Magdalena auch schon: »Manni, dein Huuuuut.«

Genervt bewegte er lautlos die Lippen, denn er kannte diese Worte, den Tonfall, den Zeitpunkt, wann Magda es sagte, nur zu genau. Er hasste diesen Hut. Egal wo er war, er musste ihn abnehmen, einen Platz für ihn finden, und es bestand immer die Gefahr, ihn zu vergessen, denn er brauchte ihn ja nicht. Dauernd und überall musste er sich bemühen, daran zu denken, das steife, dunkelbraune Teil nicht liegen zu lassen. Manchmal liebäugelte er genau mit diesem Gedanken, ihn liegen zu lassen, aber er hielt sich nie lang damit auf, denn schließlich wusste er, nach diesem Huuuuut würde es einen neuen Huuuuut geben …

Aber dann änderte sich alles, denn Magda hatte sich eines Tages mit dem Oberkörper weit aus der Küche in den Flur gebeugt, als sie sagte: »Manni, dein …« Und dann stockte sie mitten im Wort, denn sie hatte bemerkt, wie er übertrieben seine Lippen zu ihren Worten bewegte, wie er sie nachäffte. Nach überwundener

Sprachlosigkeit sagte sie sehr beleidigt und betont langsam zu ihm: »Meinetwegen brauchst du ihn nicht aufzusetzen, du hattest die Ohrenentzündung.«

Nach diesem Tag war es stiller, denn Magda verlor nie wieder einen Ton über den Hut. Allabendlich, wenn er sich seinen Mantel anzog, um mit dem Hund zu gehen, dehnte er die Zeit absichtlich etwas hinaus, weil er wusste, sie ärgerte sich noch immer über ihn. Natürlich bewegte er nie wieder seine Lippen, aber seine Ohren hörten noch immer den Satz, wie ein Echo aus seinem Gedächtnis, es fühlte sich unerklärlicher Weise an wie ein Sieg. Und er begann, den Hut zu mögen. Deshalb setzte er ihn nun freiwillig weiter auf.

Magda war von seinem Benehmen enttäuscht, weil ihr der Hut heilig war. Als ihr Vater starb, blieben zwei Dinge von ihm: sein Hut und seine Armbanduhr. Magdas Bruder bekam die Uhr, Magda den Hut. Sie hatte den Hut schon als Kind geliebt, vielleicht weil sie ihren Vater sehr geliebt hatte. Und seit dem Vogelscheuchenbild hatte sie ein Anrecht auf den Hut. Das Vogelscheuchenbild war eine alte Schwarzweißfotografie, auf der sie als zweijähriges Mädchen, das ein Kleid trug und auf dem Kopf einen riesigen Hut balancierte, zu sehen war. Weil der Hut so groß war, sah man ihr Gesicht und ihren Hals nicht mehr, unter der Krempe war sogleich die Schulter. Sie hatte den Hut wie Napoleon quer aufgesetzt und zu allem Überfluss beide Arme nach außen gestreckt. Alle hatten sie Tränen gelacht über das Vogelscheuchenbild. Der Hut war ein Stück ihrer Kindheit, eine Hinterlassenschaft ihres Vaters, die heilig war.

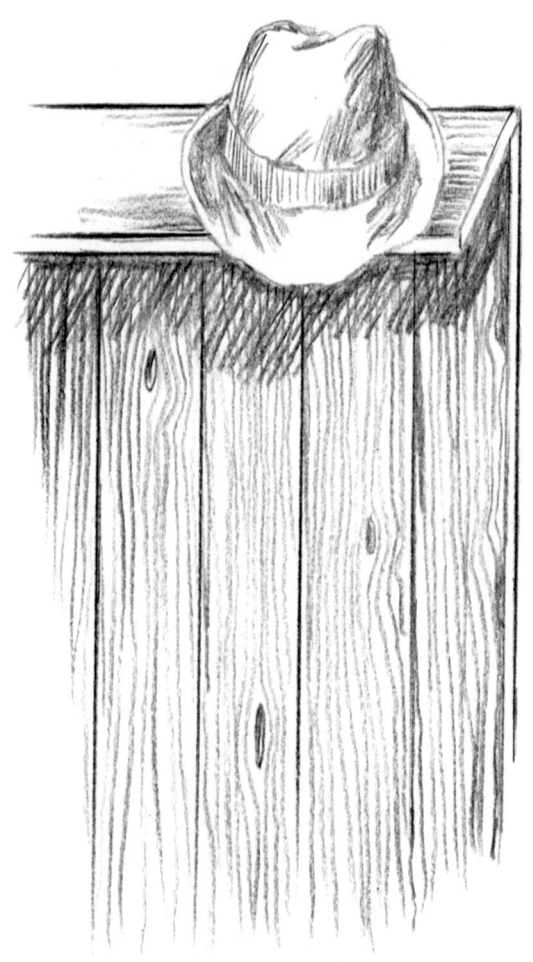

Der Hut lag immer auf der Ablage und störte Manfred nicht, denn er machte ihm die Ablage nicht streitig. Der Hut gehörte zu Magda wie die lila-gelb gemusterte Schürze, die sie selbst dann umband, wenn sie nur das Geschirr spülte, oder ihre Hauspuschen, deren rosa Puschel längst verloren waren. Im Grunde hatte er nichts gegen den Hut. Er fand ihn nur sehr zerschlissen, denn der Stoff war mit der Zeit mürbe geworden.

Wie hatte diese Hut-Geschichte eigentlich begonnen? Es begann, als sie mal einundzwanzig Grad unter Null hatten, da sagte Magda zum ersten Mal zu ihm: »Nimm den Hut ...« Es war klar, welcher Hut gemeint war, denn es gab nur diesen einen. Trug er keinen guten Mantel, hätte man ihn mit diesem Hut leicht mit einem Landstreicher verwechseln können, aber er setzte ihn dennoch auf, denn es war eisig kalt. Am nächsten Morgen sagte Magda dann: »Nimm deinen Hut.« Und von da an war es sein Hut.

Manfred und Sascha

*E*r hatte seinen Mantel an, seinen Hut auf, und so ging er mit Sascha, dem gelben Labrador, pünktlich um 19:00 Uhr seine Runde. Die Einhaltung der Zeit war für ihn wichtig, denn er war pünktlich mit allem, was er machte, das erwartete er natürlich auch von anderen, obwohl er durch den vorzeitigen Ruhestand eigentlich alle Zeit der Welt hatte. Er fand, Regelmäßigkeit und Pünktlichkeit hatten etwas Praktisches: Der Hund nervte nicht vor der Zeit, Magda nutzte die Stunde, um das Geschirr vom Tisch abzuräumen und zu spülen und er war genau zu den Nachrichten zurück. Kurz: Jeder konnte sich darauf einstellen.

Er ging aus seinem Haus, Meisenweg Nr. 4, in Richtung Rotkehlchensteig. Die Leine hatte er über der Schulter, denn Sascha lief immer frei. Er hatte sich gleich zu Beginn einen Weg ausgetüftelt, der in einer großen Runde durch die Gemeinde führte, und ging immer genau diesen Weg. Dies fand er sinnvoll, denn so wusste auch der Hund, woran er war und er musste nicht dauernd nach ihm sehen und ihn anweisen »komm her«, »warte«, »hier lang« oder so.

Der Meisenweg war eine schmale Straße, zu deren beiden Seiten Ein- und Mehrfamilienhäuser standen. Um diese Zeit war fast überall in den Fenstern Licht, abendliches Getümmel und familiäres Diskutieren drang bis auf den Gehweg. Ein Nachbar kippte gerade den Mülleimer in die Tonne aus und grüßte. Manfred nickte nur, bewegte seine Hand in Richtung Hut und schüttelte innerlich den Kopf, da seiner Meinung nach Mülleimer nie um diese Zeit ausgekippt werden sollten. In solchen Fällen war ein Hund sehr nützlich. Die beiden gingen etwas langsamer und nachdem der Nachbar samt Eimer wieder im Haus verschwunden war, pinkelte Sascha an den Zaun des Nachbarn und Manfred sah mit Genugtuung den gelben Strahl bis weit auf das Grundstück in den Schnee treffen. Es blieb eine lange, gelbe Furche mitten zwischen den Magnolienbäumchen bis fast an den Pflasterweg. Er grinste in sich hinein.

Manfred hatte Sascha als erwachsenen Hund aus dem Tierheim geholt und war sehr zufrieden mit dieser Entscheidung. Auf einmal hatte er einen Freund, der ihm gehorchte, der nicht widersprach, der sich auf ihn freute, der genügsam war, der nicht störte, der ihn bei seinen Spaziergängen begleitete. Ein Hund war sehr praktisch.

Magdalena

Manfred und Sascha bogen in den Amselsteig ein, als es anfing, heftig zu schneien. Es war mehr ein Schneeregen, der eklig ins Gesicht klatschte und in den Mantel sickerte. Er freute sich auf zu Hause. Magda würde ein paar Knabbereien auf den Tisch gestellt haben und ein gemütlicher Fernsehabend lag vor ihm. Vor einigen Tagen hatte er sich einen Fernsehsessel gekauft, in den man sich urgemütlich reinlegen konnte, die Beine hoch, die Pfeife in der Hand – darauf freute er sich schon den ganzen Tag. Er beschloss, in der Drosselstraße in dem kleinen Spätverkaufsladen eine Flasche Rotwein zu kaufen. Schließlich näherte sich der Tag der Silberhochzeit und er war mit seinem Leben und mit Magda sehr zufrieden. Sie war lieb zu ihm, häuslich und bescheiden. Sie forderte von ihm nicht mehr, als er freiwillig gab, sie war einfach eine Frau, die genau in sein Leben passte. Magdalenas Kochkünste waren es wert, ausgezeichnet zu werden. Freitags gab es Fisch, sonntags einen Braten, jedes Wochenende selbst gebackenen Kuchen, dann duftete es im ganzen Haus. Wenn er krank war, kochte sie ihm Hühnersuppe, sie hielt das Haus sauber, kaufte ein und war eine gute Gastgeberin. Als er noch eine Junggesellenwohnung hatte, suchte er müßig jeden Morgen zwei gleiche Strümpfe. Magda jedoch legte ihm die Strümpfe paarweise nach Farben und Länge sortiert in sein Sockenschubfach … Vielleicht würden sie sich für ein paar Tage ein Ferienhaus mieten, er hatte Lust auf Berge und Wald ...

Schon waren sie im Rauchschwalbenweg. An der Bushaltestelle warteten einige Passanten, die ihre Mantelkragen hoch in den Nacken gezogen hatten und sichtlich froren. Wahrscheinlich war wieder ein Bus ausgefallen, denn Murren und Schimpfen kam ihm entgegen. Neben der Bushaltestelle stand eine Bank, auf die er sich vormittags bei schönem Wetter ab und an setzte, sein Pfeifchen anzündete und sich seinen Gedanken hingab.

Im Sommer hatte er hier Larissa kennen gelernt. Sie war vielleicht fünf Jahre alt und saß mitten in den Blumenrabatten. Sie saß dort wie hingeplumpst und der kopfüber stehende Roller erklärte die Situation auf den ersten Blick. Ihre Beine waren angewinkelt und mit beiden Händen umfasste sie das rechte Knie. Sie starrte auf ein Rinnsaal Blut, das aus einer Wunde floss. Das Rinnsal war vielleicht einen Millimeter breit und trocknete gleich ein. Zu ihrem Erstaunen floss das Blut nicht über das ganze Bein bis zur Ringelsocke und lief demzufolge auch nicht über die Sandalettenriemchen. Dicke Tränen hingen in ihren Wimpern, doch es war mehr Schreck als Schmerz, der sie gepackt hatte. Sascha hatte sie zuerst entdeckt und schleckte ihr tröstend über Wangen und Arme. Er freute sich, als hätte er einen alten Freund wieder getroffen und stupste sie um. Larissa legte ihre kurzen Arme um seinen Hals, kicherte und rief: »Hey, Wuschel, du pustest mir ins Ohr!« Von da an waren sie und der Hund Freunde.

Manfred kam langsam dazu. Da ließ Sascha von

ihr ab, setzte sich vor sie hin und wedelte mit dem Schwanz. Larissa sah zu ihm auf und stellte die Situation mit einem Satz klar: »Roller fahrn is was für Jungs.«

Von diesem Tag an trafen sie Larissa regelmäßig. Sie gab nach diesem Sturz das Rollerfahren auf und war nun damit beschäftigt, einer Schildkröte die größten Löwenzahnblätter und gelbesten Löwenzahnblüten zu suchen. Manchmal bog sie eine Blüte herunter bis vor das Maul der Schildkröte und sagte: »Nun friss Schildi, die ist besonders schön.« Ein anderes Mal hob sie das kleine Tier hoch bis vor eine Blüte, doch die Schildkröte zappelte dann nur mit allen Beinen in der Luft.

Sascha fand die Schildkröte sehr interessant. Immer wenn er sie beschnuppern wollte, spielte sie mit ihm und versteckte den Kopf unter ihrem Panzer.

Larissa mochte Sascha. Sie und der Hund verstanden sich, als würden sie zusammengehören. Sah er sie, rannte er zu ihr, stupste sie so freudig, dass sie manchmal einen Satz nach vorn machte. Und Larissa redete ständig mit ihm, sagte Sachen wie: »Sascha, schau mal, Schildi frisst heut wie verrückt.« Larissa musste noch weitere 40 Schildkröten zu Hause haben, denn hinter sich hatte sie in eine Schachtel eine halbe Wiese Löwenzahn gepflückt.

Manfred saß dann in Gedanken auf der Bank, schaute den beiden zu und ging erst nach einer Weile weiter ...

Heute war freilich nicht an eine Pause zu denken, denn der Schneeregen ergoss sich unaufhaltsam und der Spielplatz war verlassen. Langsam wurde es glatt, die wenigen Autos schalteten ihre Scheinwerfer an und fuhren immer langsamer. Auf der Bank lag ein matschiger, grauer Mus. Hin und wieder raschelte ein Blatt herunter, was ihn wunderte, denn rundherum standen nur noch kahle Bäume. Sie streckten ihre nackten Arme in die Winterluft und hielten den Atem an, bis der Frühling wieder kam.

Abschied von Klaus

So einsam, wie die Bäume ohne Blätter waren, fühlten sich Magda und er, nachdem ihr Sohn Klaus auszogen war. Es hatte immer Ärger mit Klaus gegeben, denn er war nicht wie sie beide, er war widerspenstig, unpünktlich, er gehorchte nicht, jedes Zeugnis war ein Graus gewesen. Endlich schaffte er dann aber doch den Schulabschluss. Diskussionen über seine Ausbildung gab es nicht. Manfred wollte, dass Klaus etwas Ordentliches lernte, aber Klaus hatte nicht mal Lust aufs Abitur. Der Sohn entschied für sich allein und begann eine Ausbildung zum Verkäufer. Eines Tages verkündete er, dass er eine eigene Wohnung habe, und zog aus. Niemand fragte ihn, wohin er zog, und niemand hielt ihn auf. Es war für alle klar, dass es besser so war.

Trotzdem war es einsam ohne ihn. Zwei Jahre lang kam er Weihnachten zu Besuch. Das dritte Jahr schrieb er, dann hörten sie nichts mehr von ihm. Magda litt darunter. Manchmal, wenn sie in Gedanken war, stellte sie drei Gedecke auf den Tisch und räumte eines schnell wieder in die Küche, bevor Manfred sie dabei ertappte. Gern hätte sie einmal seine Wohnung gesehen, seine Freunde kennen gelernt. Aber er war fort. Und damals waren alle der Meinung gewesen, dass es gut so war ...

Der Auszug von Klaus hatte aber auch etwas Praktisches, denn nun konnte sich Manfred das Zimmer zu Eigen machen. Er richtete sich ein »Arbeitszimmer« ein. Eigentlich arbeitete er nie darin, sondern zog sich nur dahin zurück, wenn er seine Ruhe haben wollte, aber es gab in seinem Wortschatz nur Wohnzimmer, Schlafzimmer, Kinderzimmer, Ankleide- und Arbeitszimmer, kein »Zurückziehzimmer«. Das kleine Zimmer war mit einem langen Bücherregal, einer Liege und einem Schreibtisch eingerichtet. Den Kleiderschrank hatten sie verschenkt und an seinen Platz einen großen Lesestuhl gestellt. In dieses eigene Reich verzog sich Manfred, wenn Magda ihre Freundinnen zu Besuch hatte und er dem Frauengetratsche vorsorglich schon eine halbe Stunde vor dem ersten Besuch aus dem Weg gehen wollte. Es war absonderlich, worüber Frauen sich stundenlang unterhalten konnten. Er wäre in dieser Keksrunde wirklich fehl am Platz gewesen. Aber er ließ seine Tür immer einen Spalt weit auf, um das Gefühl zu haben, nichts zu verpassen.

Im Grunde konnte er nichts verpassen, denn Magda erzählte ihm beim Abendbrot, was sich Neues ereignet hatte: »Stell dir mal vor, Neumeiers haben schon wieder einen neuen Hund!«, erzählte sie zum Beispiel. Dies erboste sie, denn sie konnte auch Sascha nicht besonders leiden. Er haarte unentwegt, brachte Sand ins Haus, er roch immer müffig und kostete Etliches vom Haushaltsgeld. Die Decke vom Hundekorb gab sie in die Reinigung, denn es ekelte ihr bei der Vorstellung, in der Waschmaschine Hundehaare zu behalten. Vormittags musste sie mit dem Hund Gassi gehen, weil Manfred immer sehr früh ins Büro fuhr.

Gern machte sie das wirklich nicht, denn Sascha hatte ein anderes Lauftempo als sie und weil sie ihn nicht von der Leine ließ, hetzte sie, wenn sie eigentlich langsam laufen wollte und musste stehen bleiben, wenn sie mitten am Laufen war. Sie hoffte immer, der Hund würde seinen Haufen abends machen, aber manchmal blieb sie davon nicht verschont. Die Leine war nicht sehr lang und so hielt Magda die Luft an, solang sie nur irgend konnte.

»Manni, hast du schon gehört, in der Drosselstraße eröffnet demnächst eine Apotheke«, erzählte sie weiter.

Er aß Mozzarella-Tomatensalat mit frischem Basilikum und Leberwurststulle, las in der neben seinem Teller liegenden Zeitung.

»Manni, hörst du mir überhaupt zu?«, fragte sie.

Er seufzte, »aber ja doch«, und sah sie erwartungsvoll an. »Es ist die dritte Apotheke in unserem Eck, was findest du denn daran aufregend?« Er gab ihr einen Augenblick die Chance, etwas zu erwidern, aber ihr fiel so schnell nichts Passendes ein. Damit hatte er gerechnet und widmete sich wieder seiner Zeitung.

So oder so ähnlich verliefen die Abende nach dem Frauenabend.

Der Geldregen

*E*s gab in Manfreds Leben eine Zeit vor dem Ruhestand und eine Zeit nach dem Ruhestand. Die Zeit nach dem Ruhestand wurde von einem kleinen Blatt Papier eingeleitet. Morgens um halb sieben war er pünktlich, dass man eine Uhr nach ihm hätte stellen können, am Pförtner des örtlichen Energieanbieters vorbeigegangen. »Guten Morgen, Herr Schiller«, war er freundlich gegrüßt worden. Er hatte die Hand an den Hut gezückt, wortlos wie immer. Im Büro hatte er auf den langen Fluren und in den großen Büros die Neonlampen angeschaltet, pling, pling, pling, pling, pling.

Seit 28 Jahren hatte er beim selben Arbeitgeber gearbeitet. Erst in einem kleinen Büro vor der Stadt, dann in diesem riesigen Bürotrakt in der Drosselstraße, neben dem neuen Kaufhaus. Seine Kollegen waren in »Gleitzeit« frühestens um sieben und je nach »Vortagsereignis« bis zehn Uhr gekommen. Das hatte er nicht gemocht. Er begann seinen Dienst jeden Tag um halb sieben und hatte um fünfzehn Uhr zwanzig Feierabend, darauf konnte er sich einstellen, Magda auch. Er war immer pünktlich zu Hause. Das war für alle praktisch.

Unter den Kollegen war er nicht besonders beliebt gewesen, denn er hatte sich nicht an Gesprächen über Bowling, Miezen und Grillabende beteiligt. Aber er war eben auch älter als seine Kollegen und er machte seine Arbeit aus dem Effeff. Seine Beurteilungen waren immer tadellos, so dass er als einziger seiner Abteilung das höchste erreichbare Gehalt bekommen hatte. Er hatte die Arbeit ernst genommen. Es ging hier um Arbeit und nicht um Privatangelegenheiten.

Wenn er nach Hause ging, waren alle Vorgänge bearbeitet, Leistungsangebote eingetütet, Rechnungen erstellt, Ordner an die vorgesehenen Stellflächen zurückgebracht worden. Am Telefon war er höflich und korrekt gewesen, hatte versuchte, den Kunden zu helfen und immer sofort begriffen, worum es ging. Es war ein Kinderspiel, es war Routine gewesen aber er hatte seine Arbeit immer ernst genommen.

Um neun Uhr kam der Aktenwagen mit der Eingangspost. Oft war er dem Kollegen entgegen gegangen, denn es war eben nie genau neun Uhr. Halb zehn war eben nicht um neun und er hatte nichts von seiner

Arbeit liegenlassen und auch nicht länger bleiben wollen, er wollte nicht eine halbe Stunde warten. Er wollte einfach die Post für seine Abteilung um neun Uhr bekommen. Deshalb war er dem Kollegen oft entgegengegangen.

Auch an diesem Tag hatte er sich die Post selbst geholt und anschließend an seinem Tisch geöffnet. Nach einigen Kundenbriefen hatte er ein Rundschreiben an alle Mitarbeiter gefunden, die zweiundfünfzig Jahre und älter waren. Es war ein Vorruhestandsangebot. Er hatte es gelesen und war, natürlich in seiner Frühstückspause, zur Personalabteilung gegangen, um nach der Höhe der Abfindung zu fragen. Ein noch älterer Kollege hatte ihm drei Seiten gegeben und gesagt: »Na Schiller, das ist doch bestimmt auch was für Sie.«

In seiner Mittagspause, als seine Kollegen »mal eine zischen« waren, was in der Regel eine Dreiviertelstunde dauerte, hatte er sich das Angebot genau durchgelesen. Die Abfindungssumme war gigantisch. Natürlich hatte er in der Zeitung gelesen, dass die Energieanbieter massiv Personal abbauen wollten und im Aushang im zweiten OG stand, man solle sich in der Personalabteilung nach »attraktiven Ausstiegsangeboten« erkundigen. Aber dass es sich um solche Summen handeln könnte, daran hätte er im Traum nicht gedacht. Er war an diesem Tag wie immer um fünfzehn Uhr zwanzig nach Hause gegangen, aber er war nicht konzentriert. Auf dem Nachhauseweg fiel ihm ein, dass er zwei Ordner neben dem Schreibtisch hatte stehen lassen, doch das war ihm bereits egal.

»Magdalena, ich gehe in den Vorruhestand«, begrüßte er damals freudig seine Frau und hatte für dieses denkwürdige Ereignis extra im Finkenweg einen Blumenstrauß gekauft, den er ihr nun stolz entgegenhielt.

»Ja, wann denn?«, hatte Magda gefragt, wenig aufgeregt, denn sie ging von zwei bis drei Jahren aus, ewig konnte er ja auch nicht mehr arbeiten.

»Ich arbeite noch genau 47 Tage und nehme dann 23 Tage anteiligen Urlaub.« In so etwas war er sehr korrekt. »Du, was hältst du davon, wenn wir uns ein kleines Haus kaufen?«

Magda hatte die Stirn gerunzelt, das ging ihr alles ein bisschen schnell. »Nun komm erst mal rein«, hatte sie gesagt.

Er nahm das Angebot tatsächlich an, arbeitete noch 47 Tage, nahm seinen Resturlaub und dann kauften sie sich das (wirklich kleine) Haus im Meisenweg Nr. 4. Gleich nachdem er das Angebot angenommen hatte, war er voller Vorfreude auf seine kommende Freizeit zum Tierheim gefahren. Er fand es passend, einen Hund zu haben, um mit ihm spazieren zu gehen. In einem der Zwinger sah er einen gelben Labrador mit dem Namen Sascha, der auf seinen Zuruf sogleich an die Zwingertür kam. Dieser Folgsamkeit wegen entschied er sich für ihn. Während der letzten Arbeitstage, in denen er natürlich korrekt und pünktlich seiner Arbeit nachging, kümmerte sich Magda um Sascha. Der Hund bedeutete für sie allerdings mehr Arbeit, denn sie war sehr auf Sauberkeit bedacht. Später, als Manfred seine Papiere abholte, kaufte er sich im Kaufhaus noch stolz Tabak und eine Pfeife – er würde ja bald im Vorruhestand sein!

Manchmal dachte er an Klaus, denn er sehnte sich nach ihm. Wenn er Larissa auf dem Spielplatz begegnete, fragte er sich, ob er vielleicht schon Opa war. Aber es fehlte ihm der Mut, etwas zu tun. Man hätte auch ein größeres Haus kaufen und mit Klaus und seiner Frau (Er wird ja wohl eine Frau haben!) gemeinsam dort einziehen können. Sicher hatte er sich verändert. Er wird sich vermutlich nicht mehr die Nase am Hemdsärmel abwischen, sondern erwachsen sein, ein Mann, einer wie er. Vielleicht gäbe es einen Grund, auf ihn stolz zu sein. Aber Klaus war fort. Und damals waren alle der Meinung gewesen, es wäre gut so …

Magda trällerte vor sich hin. Sie stand in ihrer lilagelben Schürze in der Küche und buk zur Feier des Tages einen Zupfkuchen. Sie überlegte, was sich alles ändern würde. Sie brauchte nun vormittags nicht mehr mit dem Hund zu gehen und Manfred türmte mit Sascha freiwillig vor Staubsaugergeheul und Mixmaschinenlärm und machte seine Runde oder ging in den Park …

Samstags war ein besonderer Tag. Samstags lief Sascha in die Drosselstraße voraus, drei Stufen hoch, dann stand er voller Erwartung vor der Tür der Bäckerei. Er wartete. Einer ging rein oder einer kam raus, die erste Chance nutzte er. Ein lautes »Wau« verkündete seine Anwesenheit. Wie selbstverständlich sagte eine der netten Verkäuferinnen: »Einen Moment bitte mal«, und wandte sich Sascha zu und gab ihm ein Hörnchen ins Maul.

Erst war es Manfred peinlich, dann nahm er es gelassen hin. Aber es musste seine Ordnung haben und so einigte man sich mit dem Bäcker auf ein Stück aus dem Vortagssortiment. Er bezahlte für einen Monat die Hörnchen im Voraus. Es war nicht einfach so, dass ein Hund ein altes Hörnchen bekam. Mindestens einer erinnerte freitags schon, »denkt an den Hund«, damit es keiner vergaß. Einmal hatten sie eine Aushilfe und die wusste nichts von dem Vertrag. Und so bellte Sascha vergebens. Er verfolgte jeden Handgriff, wie dicke Kuchenpakete die Besitzer wechselten. Niemand beachtete ihn. Aber die Aushilfe mochte Hunde und holte schließlich vom Aufschnittbrett eine halbe Wurst. Diesmal wartete Sascha nicht bis zu Hause, sondern fraß die Wurst direkt vor der Bäckerei.

Am nächsten Samstag war wieder die alte Bedienung da. Und so konnte er sein Hörnchenabonnement leider nicht wieder in einen Wurstring tauschen ... Und er trug sein Hörnchen wie immer nach Hause. Wenn Manfred und Magda frühstückten, verspeiste er seine Beute im Korb. Danach leckte er die Krümel von der Decke und dem Fußboden vor seinem Korb. Von seinem Speichel blieb eine Spur auf dem Laminat. Magda ekelte sich jedes Mal beim Wischen davor.

Manfred marschierte weiter durch den Schneeregen und als er am Ende der Drosselstraße das große Bürogebäude, in dem er einst gearbeitet hatte, voller warmer Erinnerung sah, fühlte er doch Genugtuung über die richtige Entscheidung, denn die Freizeit bekam ihm sehr gut. Nachdem er den Spatzenweg überquerte, ging er den Baumpieperweg entlang, sah in die alte

Apotheke, die geräumig war und nach seinem Empfinden genug Kunden bedienen konnte, so dass hundert Meter voraus keine neue Apotheke eröffnen musste. »Wie die alle überleben?«, fragte er sich insgeheim. Aber auch auf seiner Waschbeckenseite häuften sich inzwischen die Salben und Tuben, weil es hier und da zwickte. Gelegentlich dachte er, dass man das Alter eines Bewohners an der Anzahl der Tuben auf dem Waschbecken bemessen könnte. Als er noch ein fescher Jüngling war, benutzte er nur eine Handcreme für den ganzen Körper, nun brauchte er Handcreme, Fußcreme, extra Creme für trockene Haut, Salbe für rissige Haut, Rheumasalbe und so weiter.

Aber auch Magda hatte aufgerüstet: Als sie sich kennen lernten, türmten sich hübsche Flakons mit den sinnlichsten Düften vor ihrem Spiegel. Diese hatte sie im Laufe der Zeit ausgetauscht gegen Antifaltencreme, Augenliedcreme, Spezialnachtcreme, Feuchtigkeitscreme und diverse Pillchen, die das Altern »nachweislich« völlig verhinderten oder mindestens um Jahre hinauszögerten. Da sie miteinander alt wurden, merkten sie nicht sonderlich, dass die Falten länger wurden und die Haut lederner. Aber es geschah trotz aller Salben und Pillen doch.

Alle drei Apotheken würden mit der Zeit ihr Einkommen haben, denn in der Siedlung lebten zumeist Mittvierziger, Mittfünfziger und Mittsechziger. Der Apotheker selbst war ein Endsechziger und sah immer frisch aus – er musste also wissen, was half.

Sina

*I*rgendwann, auf einem seiner Spaziergänge mit Sascha, hatte Manfred in der Lachmöwengasse eine junge Frau vor dem Schuhladen in das Schaufenster hineinstieren gesehen. Sie sah sehr ungewöhnlich aus, deshalb war sie ihm aufgefallen. Er schätzte sie auf Anfang zwanzig. Sie hatte lange, schwarz gefärbte Haare und trug eine knallenge Jeans, dazu Stiefel über der Hose, die bis direkt unter die Knie reichten. Das Oberteil, das sie trug, war ein undefinierbares, lila-grün gemustertes Etwas, das ihn an seinen Korridor-vorhang erinnerte. Immerhin waren 28 Grad – es war ihm schleierhaft gewesen, wie man bei diesem Wetter solche Stiefel tragen konnte. Die junge Frau schaute, nein sie stierte, in das Schaufenster. Ihn hatte das Ge-sicht der Frau interessiert, deshalb war er langsamer gegangen und schließlich stehen geblieben. Was für ein Gesicht hatte jemand, der sich so kleidete? Aber die junge Frau drehte sich nicht um, sie blieb wie hyp-notisiert vor dem Schaufenster stehen. Er ging etwas näher heran, um zu sehen, was da so Faszinierendes im Schaufenster war. Er sah nur Stiefel. Hässliche, seiner Meinung nach unverkäufliche Stiefel.

Er hatte sie weiter gemustert, aber sie hatte weiter in das Schaufenster gestarrt, mochte mit ihren Gedanken weit fort gewesen sein. Um so mehr erschrak er sich, als sie, ohne ihn anzusehen, sagte: »Is was?« Erst da drehte sie sich langsam zu ihm um. Eine dicke,

silberne Kette mit einem meerblauen, großen Anhänger schlenkerte vor ihrer Brust.

Zu seiner Überraschung war die Frau sehr schön. Sie hatte ein jugendlich weiches Gesicht, große schöne Augen, einen gleichmäßig geformten rosa Mund, und er konnte nicht von ihr lassen.

»Ich möchte Sie gern zu einem Kaffee einladen«, hörte er sich laut sagen. Aber er hatte es nicht gesagt, er hatte es nur gedacht – dachte er damals. Seine Lippen hatten selbständig gesprochen, was er gedacht hatte. Niemals würde die junge Frau mit ihm einen Kaffee trinken, er war mindestens dreißig Jahre älter und hatte auch noch einen müffelnden Hund bei sich. Er schämte sich seiner naiven Gedanken und seines Wortausbruches.

»Kaffee trink ich nicht, aber ne Curry würd ich gern essen«, hatte sie darauf zu ihm gesagt.

Er war unfähig gewesen zu reagieren, weil er dachte, nun würden auch seine Ohren ihn täuschen und er bildete sich die Antwort nur ein. Aber sie drehte sich zu ihm um, war einen Schritt auf ihn zugegangen …

So hatte er Sina kennen gelernt und sich sehr schnell in sie verliebt. Alles, was er verloren hatte, strahlte sie selbstverständlich und im Überfluss aus: Jugendlichkeit, Leichtigkeit, Offenheit, Unbekümmertheit. Sina wohnte im gleichen Viertel und so trafen sie sich oft. Erst im Park, dann im Cafe – da trank sie heiße Schokolade und als sie den Sahnelöffel unbekümmert ablutschte, hielt er den Atem an … Als das Wetter schlechter wurde, trafen sie sich in ihrer Wohnung. Er sog ihre Kraft, ihre Lebendigkeit auf, und dachte unentwegt an sie. Sina – Sina – Sina.

Es dauerte nicht lang, da entblößte sie sich vor ihm ganz. Die glatte, weiche Haut, die kleine volle Brust – er war wie im Rausch. Sina wurde seine Geliebte. Sie trafen sich oft, verbrachten ganze Vormittage mit Zitaten, Lesungen, Diskussionen über Schriftsteller, denn zu seiner Verwunderung arbeitete sie als Bibliothekarin und er war sehr belesen. Sie hatten ein Spiel: Sie las noch vor, während er sie auszog und ihr den Nacken küsste. Sie tat so, als wäre sie in das Vorlesen vertieft und wusste, dies erregte ihn noch mehr. Er knöpfte ihre Bluse auf, zog sie aus, trug sie hinüber auf das Bett. Er strich über ihre aufreizende Unterwäsche und überdeckte sie mit Küssen. Er nahm ihr das Buch aus den Händen, um sie ganz auszuziehen und sie tat ohne Buch, als ob sie weiter lesen würde. Zwischendurch kicherte sie und ihre harten Brustwarzen zeigten ihre Erregung. Sie liebten sich lange und alles um sie herum verschwand im Rausch ihrer Zärtlichkeit.

Danach lagen sie nackt aneinander geschmiegt. Der meerblaue Anhänger ihrer Kette hob und senkte sich mit ihrem Atem. Er beneidete ihn, denn er war immer zwischen ihren Brüsten. Er konnte sich nicht satt sehen an ihrer Schönheit. Und er fühlte sich jung und kräftig wie lange nicht mehr ...

Lange Zeit hatten sie sich geliebt und er hatte alles um sich herum vergessen. Dann verlor sich die Unbekümmertheit und eine Angst, Sina zu verlieren, war über ihn gekommen. Natürlich würde es nicht ewig so weitergehen, das hatte er immer gewusst. Und bei jedem Abschied brannte er das Bild von ihr tiefer in sein Herz. Er war immer unruhiger geworden und ihm war, als versuchte er etwas festzuhalten, was ihm unweigerlich aus den Händen entgleiten würde. Und der Tag war schneller gekommen, als er gedacht hatte: »Manfred, ich gehe zwei Jahre nach Irland«, sagte Sina zu ihm, es traf ihn mit der Gewalt eines Gewitterschlages. Ich komm mit, ich komm mit, schrie es in ihm, aber er wusste, dass dies ausgeschlossen war. »Was willst du denn allein in Irland, das ist viel zu gefährlich, du kennst da gar keinen, deine Arbeit ist hier, ich bin hier ...« Es waren ihm so viele Gründe eingefallen, dass es ausgeschlossen war, sie fahren zu lassen.

»Robert, unser Praktikant fährt mit«, sagte Sina.

Da war alles aus. Tränen liefen in seine Augen. Er hatte sie verloren, für immer verloren. Nichts konnte er dem entgegenhalten, es war gegen ihn entschieden, ohne dass er noch eine Chance gehabt hätte, etwas zu ändern. Es schmerzte ihn so sehr, dass er nichts mehr sagen konnte. Er hatte sich langsam angekleidet und war gegangen. Ohne Gram, aber als Verlierer. Klein und alt hatte er sich gefühlt, kraftlos und müde.

Magdalena hatte die Veränderung in ihm gespürt. Aber sie hatte nicht gefragt. Sie wusste nichts von seiner Liebschaft, ahnte nicht einmal etwas, obgleich er sich nicht sonderlich bemüht hatte, es zu verheimlichen.

Mit Magdalena hatte er selten Sex. Es fehlte beiden die Erregung, die Lust auf den anderen. Sie hatten sich damit abgefunden, sie redeten nicht darüber, wahrscheinlich merkten sie inzwischen nicht einmal mehr, dass ihnen etwas fehlte. Und so hatte sie keine Liebschaft vermutet, hatte nur gespürt, dass er zerbrach.

Nun stand er im Schneeregen vor dem Schuhladen in der Lachmöwenstraße. Hier hatte er Sina kennen gelernt. Zwei Etagen über dem Laden hatte sie gewohnt. Lange schon brannte kein Licht mehr in den Fenstern. Ab und an sah er nach, ob ihr Name noch an der Klingelleiste stand. Sina Lukoschek. Sanft strich er mit der

rechten Hand über das Namensschild. Meine Sina ...
Er seufzte, er fühlte sich alt, er war wieder angekommen in seinem Leben. Die traurige Wirklichkeit hatte ihn zurück.

So drehten Manfred und Sascha ihre Runden, und Sascha wurde älter und älter. Beim Laufen spürte Manfred die Schmerzen des Hundes und verkürzte nach und nach die Spaziergänge. Einige Monate lang verabreichte er Sascha Spritzen, Tropfen und Tabletten, um sein Leben zu verlängern. Doch bei jedem Tierarztbesuch wusste er, dass die Zeit bis zum nächsten Besuch wieder kürzer sein und es irgendwann ein Ende haben würde. Beim letzten Besuch legte der Tierarzt ihm die Hand auf die Schulter und sagte leise: »Herr Schiller, es ist jetzt Zeit, von Sascha Abschied zu nehmen.« Obwohl Manfred mit jeder Woche diesen Satz hatte näher kommen sehen, krampfte sich sein Herz zusammen und nur mühsam gelang es ihm, seine Tränen zu verbergen. Nichts mehr tun zu können, lähmte ihn. Das Einschläfern war für Sascha schmerzlos und Manfreds Tränen waren lautlos. Er fühlte sich einsam, unfähig, seinen Schmerz mit jemandem zu teilen. Unter der großen Tanne im vorderen Teil des Gartens hob er am Abend ein sehr großes Loch aus. Unzählige Wurzeln erschwerten seine Arbeit bis zur Erschöpfung, aber hier war der beste Platz für Sascha. Am Ende seiner Kräfte kniete er vor seinem treuen Freund und nahm Abschied von ihm. Dies dauerte eine lange Zeit. Und plötzlich beugte er sich hinunter und nahm die Leine wieder an sich. Wenn er die Leine behielt, konnte er noch ein bisschen Sascha spüren ...

Mit gleichmäßigen Bewegungen schüttete er dann den Sand in das Grab. Als die Oberfläche mit der Umgebung eine gleiche Höhe hatte, begriff er, dass Sascha wirklich tot war.

Der Schmuckladen

*E*s war ein trüber Abend und Manfred machte einen Spaziergang, allein, denn Sascha war fort, aber er konnte sich die Spaziergänge nicht abgewöhnen. Er bog in die Eichelhäherallee und schaute in das Schaufenster des Schmuckladens. Er wollte Magdalena zum Silberhochzeitstag eine goldene Kette schenken mit einem besonderen Anhänger. In den Anhänger würde er die Initialen »M + M« gravieren lassen. Es fiel ihm schwer, sich auf Magda zu konzentrieren. Alles fiel ihm schwer, seit Sina fort war. Alles war langsamer und beschwerlicher geworden.

Eine kleine Türglocke verkündete Kundschaft. Er lüftete kurz den Hut und grüßte die Verkäuferin. »Ich möchte eine Kette für meine Frau zum Silberhochzeitstag kaufen«, verkündete er.

Die Verkäuferin legte ein liebliches Lächeln auf und fragte, ob er eine bestimmte Vorstellung habe. Er verneinte. Sie holte ein flaches, mit dunkelblauem Samt ausgeschlagenes Schubfach, in dem verschiedene Anhänger ordentlich in Einbuchtungen sortiert waren. Kreuze, Ovale, Herzen, mit und ohne Stein, eingefasste Perlen und einige Anhänger, die Figuren darstellten. Der Preis interessierte ihn nicht. Es gefiel ihm nichts.

Die Verkäuferin bemerkte es, bemühte sich sehr, ihm zu helfen und holte ein weiteres, diesmal mit weinrotem Samt ausgeschlagenes Schubfach. Darin befanden sich Medaillons in allen Formen, einige mit aufgesetzten Bildern. Perlen verzierten außergewöhnliche Stücke. Nein, keines davon gefiel ihm.

Er entschied sich schließlich, zur Überraschung der Verkäuferin, für eine einfache Kette aus der Schaufensterauslage, eine dicke, silberne Kette mit einem großen meerblauen Anhänger. Er beauftragte eine Gravur der Initialen »M + M« auf der Rückseite und zahlte die Kette an. Die Verkäuferin füllte den Gravurauftrag ordentlich aus und sah ihm nach, als er den Laden verließ. Wie verschieden die Geschmäcker sind, dachte sie.

Er ging das kurze Stück den Finkenweg entlang und bog in den Zaunkönigweg ein. Im Übrigen fand er es praktisch, in der Vogelsiedlung zu wohnen. Da brauchte man sich keine Gedanken zu machen, ob der Namensgeber Politiker, Chemiker oder Nobelpreisträger gewesen war und sich die Blöße der Unkenntnis zu geben. Meisen sind ein bewegliches, fleißiges Völkchen. Deshalb gab er seine Adresse immer voller Stolz an, als hätte er den Straßennamen selbst ausgesucht. »Der Wohnort ist Teil deiner Identität und damit ist der Straßenname ebenfalls ganz wichtig«, hatte er zu Magda gesagt, als sie damals das kleine Haus vor dem Kauf besichtigten.

Magda war auch anders geworden. Trauriger. Er fragte nicht, warum. Er vermutete, Magda litt darunter, dass Klaus fort war. Manchmal ertappte er sie, wie sie in Gedanken drei Gedecke auf den Tisch stellte. Vermutlich fragte sie sich, wie er jetzt wohl aussehen mochte, ob er eine Freundin hatte und wohin er in den Urlaub fuhr?

Aber er war fort. Und damals waren alle der Meinung, es wäre gut so ...

Der Zaunkönigweg war nur ein kurzer Weg, der am Ende eine Biegung machte und dann zum Meisenweg wurde. Gleich würde er zu Hause sein, den Hut abnehmen, seinen Mantel ausziehen und sich erschöpft in den neuen Lesestuhl setzen. Wahrscheinlich würde er den Fernseher auslassen und auch keine Zeitung mehr lesen, sondern nur in seinem neuen Lesestuhl sitzen und sich seinen Gedanken hingeben.

Die Vorahnung der Laterne

*M*itten in der Biegung machte es vor ihm »Peng« und die Laterne ging aus. Er erschrak, denn er war etwas abergläubisch und dies verhieß nichts Gutes. Er ging vorsichtig weiter, hörte sein Herz pochen, und als er um die Biegung kam, in den Meisenweg bog, sah er Blaulicht blitzen. In dem Moment, als er feststellte, dass sich das Ungeheure vor seinem Haus abspielte, begann er zu rennen. Die Hecktüren von einem Rettungswagen wurden gerade geschlossen. So knapp, dass er beinahe noch seine Hand dazwischen hatte.

Ein junger Sanitäter kam auf ihn zu: »Sie sind Herr Schiller?«, fragte er.

Manfred nickte.

»Ihre Frau, Ihre Frau hatte einen Herzinfarkt.«

Manfred stand und wartete, dass der Sanitäter weitersprach, er wartete auf: »… aber wir haben sie wieder belebt.« Oder: »… zur Sicherheit bleibt sie ein paar Tage bei uns.«

Aber der Sanitäter sprach nicht weiter. Er meinte, was er sagte und er wiederholte es noch einmal deutlicher: »Herr Schiller, Ihre Frau ist tot.«

Sascha hatte er gerade vor einer Woche einschläfern lassen müssen, aber er konnte sich innerlich nicht von ihm trennen und nahm die Leine immer weiter mit bei seinen Spaziergängen. Seine Hand krallte sich nun in diese Hundeleine, die über seiner Schulter hing. Das darf nicht sein, das darf nicht sein, dachte er immer

wieder. Er stand und blieb stehen, unfähig etwas zu sagen oder zu tun. Es dauerte eine Ewigkeit, bis die drei Fahrzeuge sich langsam wieder auf den Weg machten. Leise und ohne Blaulicht fuhren sie davon. Manfred hatten die Männer in sein Haus gebracht. Ein Arzt hatte lange mit ihm gesprochen und ihm zur Beruhigung eine Spritze gegeben. Er hatte sich auf die Couch gelegt, der rechte Hemdsärmel war noch hochgekrempelt. Draußen war es ganz still und es wurde langsam dunkel. Und in ihm war es so düster, dass keine Farbe ausreichte, die Leere und Angst zu beschreiben, die er durchlebte. Es brauchte seine Zeit, bis er sich zurechtfand. Aber eigentlich fand er sich nicht mehr zurecht. Eines Tages nahm er die Hundeleine über die Schulter und raffte seine Kraft zusammen für einen sehr kurzen Spaziergang. Er setzte sich auf seine kleine Lieblingsbank in dem Rauchschwalbenweg unter die Kastanie. Und er stand nicht mehr auf.

Der Flughafen

Sie packte ihren schweren Koffer fest am Griff und zerrte ihn auf den Rädern hinter sich her. Mit der anderen Hand schleppte sie eine schwere Tasche und hatte noch einen kleinen Rucksack auf dem Rücken. Sie verschnaufte kurz, schob die Sonnenbrille entlang der Nase herunter, so dass sie über die Gläser schauen konnte und sprach zu sich: »Hallo Heimat, Sina ist wieder da.« Dreieinhalb Jahre waren vergangen. Irland war so aufregend gewesen, dass sie nicht gemerkt hatte, wie die Zeit vergangen war. Sie hatte Menschen kennen gelernt, Weite, Wetter und Pferde. Sie war zur Frau gereift, kleidete sich normal und war noch viel schöner geworden.

Als sie endlich wieder in ihrer Wohnung war, alle Fenster aufgerissen hatte, weil es müffelte, warf sie sich auf das Bett. Endlich zu Hause. Sie telefonierte mit Irland, mit den neuen Freunden, ausgelassen und fröhlich, aufgeregt und quirlig wie immer. Die Wohnung war wenig gemütlich, so ohne Blumen und mit leerem Kühlschrank. Sie drehte die Heizung auf, duschte und zog sich um. Keinesfalls würde sie den ersten Abend hier in der Wohnung allein verbringen. So zog sie los in das Café in der Eichelhäherallee, bestellte sich ihren Lieblingseisbecher »Vogelparadies« und eine heiße Schokolade. Sie war glücklich, sie war weltoffen und sie war jung. Als sie den Sahnelöffel der Schokolade abschleckte, wie es sich für eine Dame eigentlich nicht gehörte, sah sie ein junger Mann vom Tisch gegenüber an und konnte nicht mehr von ihr lassen. Es gelang ihm, sie in ein Gespräch zu verwickeln. Sie hatten beide »die gleiche Wellenlänge«. Er war Verkäufer in einem Möbelhaus und während seiner »Lebensfindungsphase« in England gewesen. Es waren zwei Weltenbummler aufeinander getroffen, die das Café erst verließen, als man es um drei Uhr morgens schloss. Natürlich trafen sie sich wieder, denn sie hatten so viele Gemeinsamkeiten, dass es ein Wunder war, wie sie sich überhaupt hatten am Morgen trennen können. Es dauerte nicht lang, da bat er sie, zu ihm zu ziehen, denn er wollte für immer mit ihr zusammen sein. Er zeigte ihr sein Haus. Das Haus seiner Eltern, das er geerbt hatte. Er erzählte nicht viel von seinen Eltern, es war wohl eine schwere Zeit mit ihnen gewesen. Von seinem Vater sagte er nur, er sei pedantisch und streng gewesen, dass er ihm nicht genügen konnte, er tat es ihm nie recht. So war er beizeiten hinaus in die Welt gezogen. Umso mehr hatte ihn nach Jahren eigener Wege der Brief eines Notars überrascht, er habe »ein kleines Haus mit Garten geerbt.« Ungläubig hatte er ein Bund Schlüssel und einige Unterlagen in Empfang genommen. Aber es stand damals für ihn fest, dass er nicht in dem Haus wohnen, sondern es verkaufen würde. In zwei Zeitungen ließ er ein kleines Inserat setzen und wartete auf Interessenten. Ab und an schaute er nach dem Rechten, lüftete und einmal mähte er auch den Rasen im Vorgarten. Aber es fand sich kein Käufer.

Der Winter kam. Er musste das Wasser abstellen und nach der Heizung sehen. Im Erdgeschoss würde er über den Winter die Rollos geschlossen lassen, so dachte er und ging eine schmale Treppe in den Keller hinunter. Alles war sehr ordentlich und er war froh, ohne großes Suchen den Absperrhahn mit dem Schild »Garten« zu finden.

Er wohnte in einem Neubau mit Fernheizung und musste sich in die Heizungsanlage des alten Hauses erstmal hineinfinden. Er drehte das Thermostat auf »frostfrei« und schaute nach dem Öltank. Da hörte er nebenan ein leises Geräusch. Er hielt inne – aber außer seinem Herzklopfen hörte er nichts. Mit leisen Schritten ging er bis zum Nebenraum, dem Vorratsraum. In einem der Regale saß eine Maus. Sie blieb von seiner Anwesenheit ungerührt und putzte sich weiter, als er fast vor ihr stand. Er konnte ihre schwarzen, glänzenden Knopfaugen und die langen weißen Barthaare genau sehen. Die Maus saß auf einer Dose Mischgemüse. Sie war umgeben von dem Jahresvorrat für eine ganze Mäusekolonie und konnte doch damit gar nichts anfangen. Wie klein und hilflos eine Maus doch ist, dachte er.

Seit der Erbschaft war auch er mit den kostbarsten Dingen seines Lebens, mit den Erinnerungen an seine

Mutter und seinen Vater umgeben, aber die Vergangenheit stand zwischen ihnen. Er schluckte. Auf einmal fühlte er sich wie die Maus. Als er wieder in die Diele kam, machte er keinen Bogen mehr um die Küchentür. Unmerklich berührte er die über der Klinke hängende lila-gelb gemusterte Schürze. Es war, als würde Elektrizität auf ihn überspringen.

Im Frühjahr zog er die Rollos hoch und stellte die Gartenleitung wieder an. Er mähte ein paar Mal den Rasen. Irgendwann begriff er, dass er keinen Käufer finden und das Haus behalten würde. So war er geblieben. Und die Maus im Keller auch.

Er war ein guter Koch und während er in der Küche zu tun hatte, hörte Sina klassische Musik und sah sich weiter um. Das ganze Haus war sehr praktisch eingerichtet. Nun ja, es war nicht sonderlich groß, aber es barg viele Bücher. Sie liebte Bücher seit ihrer Kindheit. Verträumt, mit einem Glas Wein in der Hand, stand sie eines Abends vor einem langen Bücherregal, hielt den Kopf schräg und las die Titel. Viele Werke bekannter Schriftsteller standen in diesem Regal, ordentlich sortiert. Sie strich liebevoll über die Bücherrücken, bis sie auf ein kleines Bild in einem Holzrahmen stieß. Darauf war ein Pärchen, zirka Mitte vierzig, zu sehen. Und auf einmal begriff sie: Der pedantische, strenge Vater von Klaus war Manfred gewesen, ihr zärtlicher, leidenschaftlicher Liebhaber. Sie kannte ihn, sie kannte sein ganzes Leben. Sie wusste um seine intimsten Wünsche. Sie hatten so viel gemeinsam erlebt. Ein Teil seiner Wünsche lebt in ihr fort. Sie schluckte, sie war sehr gerührt. Und sie erzählte Klaus von ihrer Entdeckung.

Klaus war fassungslos. Er war wütend, er war verletzt. Wieder kämpfte er gegen den Vater an. Wieder hatte er keine Chance. Nein! Er wollte nicht mehr. Mutlos gab er, was ihm am liebsten war, auf. Sina ging noch im gleichen Jahr nach Irland zurück. Er blieb allein in dem Haus. Alles wiederholte sich, Morgen und Abend, Sommer und Winter, Aufstehen und Zu-Bett-Gehen. Er kämpfte um jeden Tag. Hin und wieder ging er in den Keller und brachte der Maus Knäckebrot und ein Stück Speck. Aber eines Tages fand er sie tot auf. Ohne Ankündigung war sie gestorben und lag nun auf dem Rücken da, gekrümmt, vor einem Rosenkohlglas, und ihre Augen starrten stumpf ins Nichts. Er weinte, er schluchzte. Er begrub sie wie einen Freund. Auf einer übermäßig großen Stelle pflanzte er Primeln und Stiefmütterchen. Und er goss die Blumen jeden Tag. Später setzte er noch rosa Rosen dazu und Vergissmeinnicht. Und dann noch Sonnenblumen und Veilchen und als kein Platz mehr war, riss er die verrottete Hundehütte ab und pflanzte weiter. Er räumte auch den hinteren Garten auf und anschließend das Haus. Und so geschah es, dass er eins wurde mit dem Haus, sich vertraut mit ihm fühlte und es seinen Geruch annahm. Nach langer Zeit wurde das Haus seiner Eltern, in dem er nun wohnte, sein Haus. Mutters Topflappen hingen neben dem Geschirrtuch und auf seinem Schreibtisch lag die kleine Holzschachtel mit Vaters Tabak und der Pfeife.

Er war einen schweren Weg gegangen. Aber er war endlich angekommen, bei sich selbst.